앞을 못 보는 김 생원에게 새로운 친구가 생겼어요.
옆집에 이사 온 이 생원이지요.
그런데 사이좋게 지내던 두 사람이
관아로 가서 티격태격 싸우네요.
둘 사이에 무슨 일이 있어서
관아에까지 가게 되었을까요?

추천 감수_ 김병규
대구교육대학을 졸업하고 한국일보 신춘문예에 동화가, 중앙일보 신춘문예에 희곡이 당선되면서 작품 활동을 시작했습니다. 대한민국문학상, 소천아동문학상, 해강아동문학상 등을 수상했으며, 현재 소년한국일보 편집국장으로 재직 중입니다. 쓴 책으로 〈나무는 왜 겨울에 옷을 벗는가〉, 〈푸렁별에서 온 손님〉, 〈그림 속의 파란 단추〉 등이 있습니다.

추천 감수_ 배익천
경북 영양에서 태어났습니다. 1974년 한국일보 신춘문예에 동화가 당선되었고, 〈마음을 찍는 발자국〉, 〈눈사람의 휘파람〉, 〈냉이꽃〉, 〈은빛 날개의 가슴〉 등의 동화집을 펴냈습니다. 한국아동문학상, 대한민국문학상, 세종아동문학상 등을 받았으며, 현재 부산 MBC에서 발행하는 〈어린이문예〉 편집주간으로 일하고 있습니다.

글 _ 정윤길
동국대학교 영어영문학 박사 과정을 마쳤습니다. 여러 대학에서 영문학 강의를 하며 번역 작업과 창작 작업을 함께 해 오고 있습니다. 어린이들에게 가까이 다가가기 위해 열심히 글을 쓰고 있으며, 다른 나라의 훌륭한 작품들을 좋은 글로 번역하고 있습니다. 작품으로 〈산타 할아버지가 숨을 꾹!〉, 〈아기가 태어났어요〉 등이 있습니다.

그림 _ 이진숙
어린아이들의 마음처럼 맑고 순수한 느낌을 주는 그림을 그리고 싶습니다. 그린 책으로 〈안녕 찰리, 꿈잡이 엄마〉, 〈하루살이 삐삐의 하루〉, 〈한나의 방울토마토〉, 〈이상한 나라의 앨리스〉 등이 있고, 동시집 〈선생님은 꿀밤나무〉가 있습니다. 소설 〈추신〉과 〈점과 선〉의 표지 작업을 하였습니다.

말랑말랑 우리전래동화
24 사랑과 믿음
눈뜬 사람을 속인 장님

발 행 인 박희철
발 행 처 한국헤밍웨이
출판등록 제406-2013-000056호
주   소 경기도 성남시 분당구 금곡동 444-148
대표전화 031-715-7722
팩   스 031-786-1100
편   집 이영혜, 이승희, 최부옥, 김지균, 송정호
디 자 인 조수진, 우지영, 성지현, 선우소연
사진제공 이미지클릭, 연합포토, 중앙포토

△ 주의 : 본 교재를 던지거나 떨어뜨리면 다칠 우려가 있으니 주의하십시오.
　　　　　고온 다습한 장소나 직사광선이 닿는 장소에는 보관을 피해 주십시오.

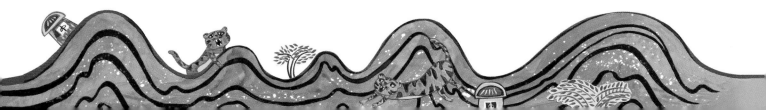

눈 뜬 사람을 속인 장님

글 정윤길 그림 이진숙

🏃 한국헤밍웨이

옛날에 김 생원 집 옆집에 이 생원이 이사를 왔어.
앞을 못 보는 김 생원은
지팡이를 짚고 더듬더듬 옆집에 인사를 갔지.
"새로 이사 왔나 보구려. 이웃끼리 사이좋게 지냅시다."
그런데 이 생원은 딴마음을 품었어.
'헤헤, 눈먼 장님 좀 속여 볼까?'

다음 날부터 이 생원은 날만 밝으면 김 생원의 집으로 찾아갔어.
"김 생원, 앞이 안 보여 불편하지요?
내가 밥을 차려 줄 테니 같이 먹읍시다."
이 생원은 밥상 두 개에 따로 밥을 차렸어.
김 생원 밥상에는 밥 한 그릇에 딸랑 김치와 간장,
자기 밥상에는 나물에 고기에 맛난 것이 가득했지.
그러고는 혼자서만 맛있게 냠냠 쩝쩝.
'아이참, 맛있다!'

이 생원은 집에 돌아갈 때마다
김 생원의 집에 있는 물건을 슬쩍 훔쳐 갔어.
밥을 먹고 나면 숟가락을 소매 속에 쑥.
'흐흐, 앞이 안 보이니 모르겠지.'
솥도 들고 가고, 부지깽이도 들고 가니
살림살이가 점점 줄었지.

두 해가 지나도록 김 생원은 아무것도 모른 채
이 생원만 만나면 고개를 꾸벅꾸벅.
"이 생원이 도와주니 참 고맙구려."

그러던 어느 날, 김 생원이 아침 일찍 잠을 깼어.
'오늘은 내가 아침밥을 차려야지.'
김 생원은 부엌으로 들어가서 더듬거렸어.
그런데 물건들이 하나도 만져지질 않는 거야.
'참 이상하다. 어떻게 된 거지?'

김 생원은 마당으로 나와서
툇마루 밑을 더듬더듬.
'아니, 여기에 두었던 낫도 없네?'
김 생원은 창고로 가서 벽을 더듬더듬.
'아니, 여기 있었던 괭이는 어디 갔지?'
김 생원은 곳간으로 가 보았어.
'아니, 쌀과 콩도 없잖아?'

"아이고, 누가 다 훔쳐 갔나 봐."
김 생원은 그 자리에 주저앉아 엉엉 울다가
벌떡 일어나 이 생원을 찾아갔어.
"이 생원, 우리 집에 도둑이 들었네."
그런데 집에 아무도 없는지 조용하기만 했어.

"이 생원, 부엌에 있나?"
김 생원은 이 생원을 찾아 부엌 안을 더듬더듬.
그 순간 솥뚜껑이 손에 딱 잡혔어.
김 생원이 손가락을 쫙 펴서 재어 보더니,
"아니, 한 뼘, 두 뼘, 세 뼘!
이건 내 솥이잖아!"

김 생원은 곳간으로도 가 보았어.
자루에 담긴 콩을 퍼서
킁킁 냄새를 맡아 보았지.
"아니, 이건 소똥으로 거름을 쓴
우리 밭에서 난 콩이잖아."

19

김 생원은 집으로 돌아가 곰곰 생각했어.
'괘씸한 사람! 버릇을 단단히 고쳐 주어야지.'
김 생원은 하얀 종이를 꺼내어 다른 종이로 쌌어.
그 종이를 새끼줄로 칭칭 동여매고, 다시 보자기로 쌌어.
그걸 또 새끼줄로 매고, 보자기로 싸고,
겹겹이 싸고, 매고, 싸고, 맸더니 이불보만 해졌네.

다음 날 김 생원이 이 생원을 찾아갔어.
"앞도 안 보이는 사람이 여기까지 웬일인가?"
"자네가 전에 빌려 간 돈을 받으러 왔네."
이 생원이 고개를 갸웃갸웃.
"허참, 내가 언제 자네 돈을 빌렸나?"
"여기 빌려 간다고 적은 종이도 있는데?"
그러자 이 생원이 주먹으로 가슴을 쿵쿵 쳤어.
"허참, 답답하네. 그럼 사또한테 가서 가려 보세."

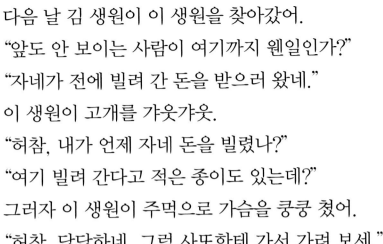

23

24

두 사람이 옥신각신하자, 사또가 김 생원에게 물었어.
"그 문서는 어디에 있는가?"
김 생원이 새끼줄과 보따리로 둘둘 싼 것을 가리켰어.
"그건 여기 있지요."
사또가 다가와서 보따리를 풀기 시작했어.

25

그런데 이게 끝이 없었어.
새끼줄을 다 풀고 나면 보자기요,
보자기를 풀면 또 보자기가 나오네.
한 꺼풀을 벗기면 또 한 꺼풀이 나오고,
벗기면 또 나오고…….
"얼마나 귀중하면 이리 꽁꽁 싸맸을꼬?"
사또는 땀을 뻘뻘 흘리며 마지막 새끼줄을 풀고 종이를 펼쳤어.
"아니, 아무것도 안 적혀 있는데?"

그 순간, 김 생원이 눈물을 뚝뚝 흘렸어.
"아이고, 난 망했다! 난 망했어!"
그 소리에 마을 사람들이 우르르 구경을 왔어.

"저 사람이 백 냥을 빌려갈 때
여기에 그 내용을 다 적고 도장까지 찍었다더니
아무것도 안 적었을 줄이야."
사람들이 수군수군 이 생원을 흉봤어.
"나쁜 사람 같으니. 앞을 못 본다고 속였나 보네."

사또가 이 생원에게 소리를 질렀어.
"네 이놈, 앞 못 보는 사람을 속이느냐?"
이 생원이 깜짝 놀라 외쳤어.
"아닙니다. 저 장님이 눈뜬 사람을 속이는 겁니다."
"이런 고얀 놈을 보았나. 당장 백 냥을
갚지 않으면 곤장 백 대를 때리겠노라!"

이 생원은 어쩔 수 없이 싹싹 빌었어.
"아이고! 갚겠습니다, 갚다마다요."

이 생원이 김 생원을 데리고 집으로 갔어.
"여기 백 냥 있네. 이제 됐는가?
사또한테 내가 갚았다고 말해 주게."
그러자 김 생원이 웃으며 돈을 돌려주었어.
"내 물건이나 돌려주게. 그리고 앞으로는 속이지 말게나."
이 생원은 그 후로 김 생원을 속이지 않고,
좋은 친구가 되었다고 해.

눈 뜬 사람을 속인 장님 작품해설

〈눈 뜬 사람을 속인 장님〉은 앞을 보지 못하는 장님이 멀쩡한 사람을 혼내 준 이야기입니다. 비록 눈은 보이지 않아도 지혜로써 잘못된 것을 바로잡은 이야기지요.

옛날에 앞 못 보는 김 생원 집 옆에 이 생원이 이사 왔습니다. 그때부터 이 생원은 김 생원의 집에 드나들면서 물건을 하나씩 집어 갔습니다. 김 생원은 2년이 지난 후에야 그 사실을 알고 이 생원을 혼내 주기로 작정했습니다.

김 생원은 아무것도 쓰지 않은 종이를 다른 종이로 싸고, 그것을 보자기로 싸고, 또 종이로 싸고, 새끼줄로 묶었습니다. 그런 다음 이 생원을 찾아가 꾸어 준 돈 백 냥을 내놓으라고 했습니다. 이 생원은 자기가 언제 돈을 꾸었냐며 펄쩍펄쩍 뛰었습니다. 그렇게 옥신각신하다가 두 사람은 사또를 찾아갔습니다.

김 생원은 사또에게 보따리를 내놓으며 돈을 꾸어 준 증서라고 했습니다. 그러나 사또가 풀어 보니 보따리 안에는 백지만 들어 있었습니다. 그러자 김 생원은 이 생원이 자기를 속였다며 땅바닥을 치며 통곡했습니다. 그렇지 않다면 왜 자기가 백지를 그렇게 정성껏 싸 두었겠냐고 했습니다. 그 말에 사또는 이 생원에게 당장 돈을 갚으라고 하였습니다. 갚지 않으면 곤장 백 대를 치겠다고 했습니다. 이 생원은 깜짝 놀라 돈을 갚겠다고 약속했습니다. 그러나 김 생원은 돈을 받지 않고 이 생원이 몰래 가져간 물건만 돌려받았습니다.

예로부터 우리나라 사람들은 약자 편이었습니다. 그래서 옛날이야기를 보면 약자가 강자를 이기는 내용이 많습니다. 처음에는 강자에게 당하지만 나중에는 꾀를 쓰든 하늘이 벌을 내리든 승리는 항상 약자의 것입니다. 〈눈 뜬 사람을 속인 장님〉은 약자가 지혜로써 강자를 벌주는 이야기입니다. 그러나 마지막에는 강자인 이 생원에게도 아량을 베풀었는데, 이것 역시 약자 편을 든 것이라 할 수 있습니다. 김 생원 꾀에 넘어간 순간부터 이 생원은 더 이상 강자가 아니기 때문입니다.

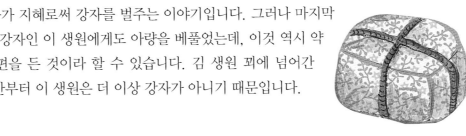

꼭 알아야 할 작품 속 우리 문화

 솥

솥이란 우리나라 사람들이 식사 때마다 밥을 해 먹는 도구예요. 옛날에는 솥을 무쇠로 만들었는데, 그것을 부뚜막에 얹고 아궁이에 불을 때서 썼어요. 뚜껑엔 꼭지가 달려 있으며, 뒤집으면 전을 부칠 수도 있고 고기를 구울 수도 있지요.

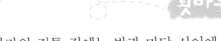 툇마루

우리나라의 전통 집에는 방과 마당 사이에 좁은 마루가 있어요. 이 마루를 툇마루라고 해요. 툇마루는 통로 구실도 하고 간단한 집안일도 할 수 있는 공간도 되어요. 툇마루에는 난간을 설치하는 경우도 있고, 머름을 설치하고 창을 다는 경우도 있어요.

 곤장

곤장이란 죄인의 볼기를 때리는 몽둥이를 말해요. 곤장으로 때리는 벌의 이름이기도 하고요. 곤장은 대부분 버드나무로 만들었으며, 길이, 너비, 두께 등을 새겨 넣었어요. 이 중에서 도둑을 벌하던 것을 치도곤이라 하는데, 곤장 중에 가장 컸어요.

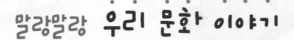

말랑말랑 우리 문화 이야기

보자기는 물건을 싸거나 덮어 두기 위해 만들어진 천이에요.
옛날에는 지금처럼 가방이 없어서 보자기에 물건을 싸서 가지고 다녔어요. 물건을
보관할 때도 보자기에 싸서 두었지요.

천을 이어 만든 보자기

옛날에는 보자기 천을 따로 마련하지 않았어요.
대개 옷을 지어 입고 남은 옷감의 자투리 천을
모아 놓았다가 보자기를 만들었지요.

책을 챙겨 가야지!

어머니, 서당에
다녀오겠습니다.

책보자기

옛날 아이들은 공부를 하러 서당에 다녔어요.
그렇지만 지금처럼 가방이 없어 보따리에 책을
싸서 어깨에 메거나 허리에 두르고 다녔지요.
책을 싸던 보자기를 책보라고 불렀어요.

복을 싼 보자기

정성스럽게 만든 보자기는 복을 싸 두는
것이라고 생각해서 선물을 할 때나 혼례를
올릴 때도 보자기가 사용되었어요.
임금님이 상을 내릴 때 하사품도
보자기에 싸서 전달했답니다.

혼례 보자기

보자기는 생활하는 데 꼭 필요한 생활용품이었어요.
이불을 싸는 이불보, 상을 덮는 상보 등 크고 작은
보자기들은 없어서는 안 될 중요한 물건이었지요.
그래서 옛날에는 시집가는 딸을 위해 혼수품으로
수십 개의 보자기를 마련했답니다.